U0165554

Pronunciation
Clinic

華語正音練習

臺中教育大學◎主編

王 增 光 ◎編撰

臺中教育大學語文教學叢書

　　撰寫本書原是為一門每週二小時，為期十二週的華語正音課編製教材，所以它必須精簡有料。

　　敝人悉心安排了聲母及韻母發音練習、四聲調練習、變調練習等。書中的詞彙、文句及會話內容以生活化、簡明有趣為原則。為了提高讀者的興趣，又配合插圖、繞口令、兒歌童謠。敝人並與魏子閎老師為讀者錄製正音聽力音檔。

　　因套用漢語拼音軟體之故，使字音部分一一分離，而與漢語拼音規則略有出入，此點尚祈讀者見諒。

　　本書內容精確，又可使讀者攜帶方便，節約金錢及時間，在自修或活動中練習正確的華語語音，希望您喜歡它。

　　感謝外子協助電腦技術、魏子閎老師協助錄音、教育大學同學協助插圖；更感謝臺中教育大學同意將本書列入「語文教育叢書」，以及五南圖書公司協助出版。

王增光

謹識於 2009/3/23

目　錄

Contents

▶ 作者序 .... (3)

▶ 第一單元：ㄅ、ㄆ正音練習
Unit 1: Pronunciation of「b、p」.................................. 1

▶ 第二單元：ㄇ、ㄈ正音練習
Unit 2: Pronunciation of「m、f」.................................. 7

▶ 第三單元：ㄉ、ㄊ正音練習
Unit 3: Pronunciation of「d、t」.................................13

▶ 第四單元：ㄋ、ㄌ正音練習
Unit 4: Pronunciation of「n、l」.................................19

▶ 第五單元：ㄍ、ㄎ正音練習
Unit 5: Pronunciation of「g、k」.................................25

▶ 第六單元：ㄏ正音練習
Unit 6: Pronunciation of「h」................................... 31

▶ 第七單元：ㄐ、ㄑ、ㄒ正音練習
Unit 7: Pronunciation of「j、q、x」............................. 37

▶ 第八單元：ㄓ、ㄔ、ㄕ、ㄖ、ㄗ、ㄘ、ㄙ正音練習
Unit 8: Pronunciation of「zh(i)、ch(i)、sh(i)、r(i)、z(i)、c(i)、
s(i)」.. 43

▶ 第九單元：ㄧ、ㄨ、ㄩ正音練習
Unit 9: Pronunciation of「yi(-i)、wu(-u)、yu(-u/ü)」........... 49

目　錄
Contents

▶ 第十單元：ㄚ、ㄛ、ㄜ、ㄝ、ㄞ、ㄟ、ㄠ、ㄡ、
　　ㄢ、ㄣ、ㄤ、ㄥ、ㄦ正音練習
　Unit 10: Pronunciation of「a、o、e、ê、ai、ei、ao、
　　ou、an、en、ang、eng、er」................................. 55

▶ 第十一單元：繞口令、兒歌教唱、兒歌朗讀、會話練習
　Unit 11: Tongue Twister、Children's Song、Conversation ...61

▶ 第十二單元：繞口令、兒歌教唱、句子練習
　Unit 12: Tongue Twister、Children's Song、Sentence Practi-
　　cing 65

b (ㄅ)

杯 子
bēi zi

報 紙
bào zhǐ

布 丁
bù dīng

筆
bǐ

錶（手 錶）
biǎo shǒu biǎo

ㄆ(ㄆ)

葡 萄
pú　táo

盤 子
pán　zi

蘋 果
píng　guǒ

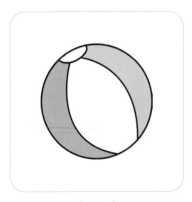

皮 球
pí　qiú

螃 蟹
páng　xiè

補充字彙
Bǔ chōng zì huì

b(ㄅ)

皮 包 pí bāo	我 吃 飽 了 Wǒ chī bǎo le	報 紙 bào zhǐ
日 本 Rì běn	他 很 笨 Tā hěn bèn	
鼻 子 bí zi	筆 bǐ	牆 壁 qiáng bì
不 客 氣 Bú kè qì	補 習 班 bǔ xí bān	對 不 起 Duì bù qǐ
我 不 知 道 Wǒ bù zhī dào		

P(ㄆ)

爬 山 pá shān	害 怕 hài pà
拍 手 pāi shǒu	排 隊 pái duì
跑（步） pǎo bù	泡 茶 pào chá
旁 邊 páng biān	胖 子 pàng zi
漂 流 piāo liú	漂 亮 piào liàng

句子練習
jù zi liàn xí

1 這 是 杯 子 。 （ 布 丁 、 報 紙 、 筆 、 錶 ）
Zhè shì bēi zi　　　bù dīng　bào zhǐ　bǐ　biǎo

這 是 我 的 杯 子 。 （ 布 丁 、 報 紙 、 筆 、 錶 ）
Zhè shì wǒ de bēi zi　　　bù dīng　bào zhǐ　bǐ　biǎo

2 A： 補 習 班 在 哪 裡 ？
　　Bǔ xí bān zài nǎ lǐ

B： 對 不 起 ！ 我 不 知 道 。
　　Duì bù qǐ　Wǒ bù zhī dào

A： 謝 謝 你 。
　　Xiè xie nǐ

B： 不 客 氣 。
　　Bú kè qì

3 葡 萄 （ 蘋 果 、 螃 蟹 ） 很 好 吃 。
Pú tao　píng guǒ　páng xiè　hěn hǎo chī

4 A： 我 喜 歡 跑 步 。
　　Wǒ xǐ huān pǎo bù

B： 我 喜 歡 泡 茶 。
　　Wǒ xǐ huān pào chá

C： 我 喜 歡 看 報 紙 。
　　Wǒ xǐ huān kàn bào zhǐ

m (ㄇ)

馬
mǎ

貓
māo

麵 包
miàn bāo

帽 子
mào zi

f (ㄈ)

房 子
fáng zi

沙 發
shā fā

鳳 梨
fèng lí

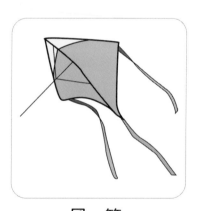

風 箏
fēng zhēng

補充字彙
Bǔ chōng zì huì

m(ㄇ)

買 東 西	你 要 買 什 麼 ？
mǎi dōng xī	Nǐ yào mǎi shén me

賣 房 子	賣 完 了
mài fáng zi	mài wán le

沒 關 係	每 天	美 國 人	妹 妹
Méi guān xì	měi tiān	Měi guó rén	mèi mei

貓	眉 毛	時 髦	感 冒	帽 子
māo	méi máo	shí máo	gǎn mào	mào zi

名 字	明 天	生 命	命 令
míng zì	míng tiān	shēng mìng	mìng lìng

ㄈ、ㄈ正音練習

f(ㄈ)

發 生	處 罰	頭 髮	法 律	
fā shēng	chǔ fá	tóu fǎ	fǎ lǜ	
飛 機	咖 啡	減 肥	土 匪	浪 費
fēi jī	kā fēi	jiǎn féi	tǔ fěi	làng fèi
番 茄	麻 煩	反 對	吃 飯	
fān qié	má fán	fǎn duì	chī fàn	
皮 膚	衣 服	豆 腐	父 親（爸 爸）	
pí fū	yī fú	dòu fǔ	fù qīn　bà ba	

句子練習

jù zi liàn xí

1 A： 你 好 ！
　　　 Nǐ hǎo

　　　 B： 你 好 ！ 你 要 買 什 麼 ？
　　　　　 Nǐ hǎo　　　Nǐ yào mǎi shén me

　　　 A： 我 要 買 帽 子 。（ 馬 、 貓 、 麵 包 、 房
　　　　　 Wǒ yào mǎi mào zi　　　　mǎ　　māo　　miàn bāo　　fáng

　　　　　 子 、 沙 發 、 鳳 梨 、 風 箏 、 番 茄 ）
　　　　　 zi　　shā fā　　fèng lí　　fēng zhēng　　fān qié

　　　 B： 賣 完 了 ！ 對 不 起 。
　　　　　 Mài wán le　　Duì bù qǐ

　　　 A： 沒 關 係 。
　　　　　 Méi guān xì

　　　 B： 請 你 明 天 再 來 買 。
　　　　　 Qǐng nǐ míng tiān zài lái mǎi

2 他 的 帽 子 （ 頭 髮 、 衣 服 ） 很 時 髦 。
　　　 Tā de mào zi　　　tóu fǎ　　yī fú　　　hěn shí máo

3 A： 你 是 美 國 人 嗎 ？
　　　　 Nǐ shì Měi guó rén ma

　　　 B： 是 的 。 我 是 美 國 人 （ 不 是 ， 我 是 ⋯⋯ 人 ）
　　　　 Shì de　　Wǒ shì Měi guó rén　　Bú shì　　Wǒ shì　　　rén

A： 你 叫 什 麼 名 字 ？
Nǐ jiào shén me míng zì

B： 我 叫 ……
Wǒ jiào

4 媽 媽 的 衣 服 很 美 麗 。
Mā ma de yī fú hěn měi lì

d (ㄉ)

蛋 糕
dàn gāo

刀 子
dāo zi

電 視 機
diàn shì jī

電 話
diàn huà

電 腦
diàn nǎo

ㄅ、ㄊ正音練習

t (ㄊ)

檯 燈
tái dēng

兔 子
tù zi

頭
tóu

糖 果
táng guǒ

ㄉ、ㄊ正音練習

補充字彙
Bǔ chōng zì huì

d(ㄉ)

刀 子	跌 倒	我 到 臺 灣 來
dāo zi	dié dǎo	Wǒ dào Tái wān lái

不 要 擔 心	單 身	膽 小	但 是	雞 蛋
Bú yào dān xīn	dān shēn	dǎn xiǎo	dàn shì	jī dàn

字 典	電 影	水 電 費	書 店
zì diǎn	diàn yǐng	shuǐ diàn fèi	shū diàn

多 少 錢	一 朵 花	懶 惰	耳 朵
Duō shǎo qián	yì duǒ huā	lǎn duò	ěr duo

t(ㄊ)

雙 胞 胎	臺 灣	太 太	泰 國
shuāng bāo tāi	Tái wān	tài tai	Tài guó

小 偷	我 的 頭	投 手	透 明
xiǎo tōu	wǒ de tóu	tóu shǒu	tòu míng

聽	停 止	抬 頭 挺 胸
tīng	tíng zhǐ	tái tóu tǐng xiōng

交 通	相 同	不 同	總 統	頭 痛
jiāo tōng	xiāng tóng	bù tóng	zǒng tǒng	tóu tòng

句子練習
jù zi liàn xí

1 你 會 打 電 話 （ 電 腦 ） 嗎 ？
Nǐ huì dǎ diàn huà   diàn nǎo   ma

2 他 送 我 糖 果 和 蛋 糕 。
Tā sòng wǒ táng guǒ hàn dàn gāo

3 今 年 我 到 臺 灣 來 。
Jīn nián wǒ dào Tái wān lái

4 我 是 單 身 ， 但 是 我 不 想 結 婚 。
Wǒ shì dān shēn   dàn shì wǒ bù xiǎng jié hūn

5 A： 你 喜 歡 看 電 影 嗎 ？
Nǐ xǐ huān kàn diàn yǐng ma

B： 喜 歡 。
Xǐ huān

A： 你 喜 歡 看 什 麼 電 影 ？
Nǐ xǐ huān kàn shén me diàn yǐng

B： 我 喜 歡 看 武 俠 片 。
Wǒ xǐ huān kàn wǔ xiá piàn

A： 看 電 影 要 花 多 少 錢 ？
Kàn diàn yǐng yào huā duō shǎo qián

B： 我 不 知 道 。 每 次 都 是 別 人 請 客 的 。
Wǒ bù zhī dào   Měi cì dōu shì bié rén qǐng kè de

A： 我 喜 歡 在 家 看 電 視 ， 不 必 花 錢 。
Wǒ xǐ huān zài jiā kàn diàn shì   bú bì huā qián

B： 你 很 聰 明 。
Nǐ hěn cōng míng

6 他 的 太 太 是 雙 胞 胎 。
Tā de tài tai shì shuāng bāo tāi

7 你 去 過 泰 國 嗎 ？
Nǐ qù guò Tài guó ma

8 小 偷 摸 我 的 頭 。
Xiǎo tōu mō wǒ de tóu

9 臺 灣 的 交 通 很 可 怕 。
Tái wān de jiāo tōng hěn kě pà

n (ㄋ)

女 孩
nǔ hái

牛 奶
niú nǎi

鳥
niǎo

檸 檬
níng méng

牛
niú

ㄋ、ㄌ正音練習

l (ㄌ)

可 樂
kě lè

籃 球
lán qiú

辣椒
là jiāo

月 亮
yuè liàng

日曆
rì lì

ㄋ、ㄌ正音練習

補充字彙
Bǔ chōng zì huì

n(ㄋ)

拿	你 在 哪 兒 ?	那 本 書
ná	Nǐ zài nǎr	nà běn shū

牛 奶	奶 奶	忍 耐
niú nǎi	nǎi nai	rěn nài

南 方	男 人	困 難	災 難
nán fāng	nán rén	kùn nán	zāi nàn

一 年	新 年	念 書	想 念
yì nián	xīn nián	niàn shū	xiǎng niàn

ㄌ（ㄌ）

雷 léi	眼淚 yǎn lèi	我好累 Wǒ hǎo lèi
水梨（梨子） shuǐ lí　 lí　zi	離開 lí kāi	裡面 lǐ miàn
便利商店 biàn lì shāng diàn		
可憐 kě lián	丟臉 diū liǎn	練習 liàn xí　　戀愛 　　　　liàn ài
驢子 lú zi	旅行 lǚ xíng	綠色 lǜ sè

ㄋ、ㄌ正音練習

句子練習
jù zi liàn xí

1 鳥 會 飛 。
Niǎo huì fēi

2 我 不 會 打 籃 球 。
Wǒ bú huì dǎ lán qiú

3 他 喜 歡 喝 牛 奶 和 可 樂 。
Tā xǐ huān hē niú nǎi hàn kě lè

4 今 天 的 月 亮 很 圓 。
Jīn tiān de yuè liàng hěn yuán

5 辣 椒 是 辣 的 ， 檸 檬 是 酸 的 。
Là jiāo shì là de níng méng shì suān de

6 你 在 哪 兒 ？ 請 你 把 那 本 書 拿 給 我 。
Nǐ zài nǎr Qǐng nǐ bǎ nà běn shū ná gěi wǒ

7 教 室 裡 面 有 很 多 學 生 。
Jiào shì lǐ miàn yǒu hěn duō xué shēng

8 你 要 練 習 說 中 文 。
Nǐ yào liàn xí shuō Zhōng wén

9 他 想 談 戀 愛 交 女 朋 友 。
Tā xiǎng tán liàn ài jiāo nǔ péng yǒu

10 我 想 騎 驢 子 去 旅 行 。
Wǒ xiǎng qí lú zi qù lǚ xíng

《、丂正音練習

g（《）

西 瓜
xī guā

狗
gǒu

甘 蔗
gān zhè

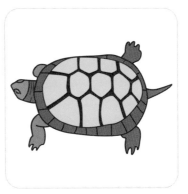

烏 龜
wū guī

ㄍ、ㄎ正音練習

k (ㄎ)

咖 啡
kā fēi

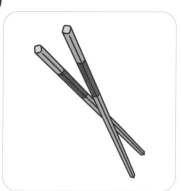

筷 子
kuài zi

恐 龍
kǒng lóng

烤 肉
kǎo ròu

卡 片
kǎ piàn

補充字彙
Bǔ chōng zì huì

g(ㄍ)

哥 哥 gē ge	唱 歌 chàng gē	隔 壁 gé bì	一 個 人 yí ge rén
蛋 糕 dàn gāo	高 矮 gāo ǎi	怎 麼 搞 的 Zěn me gǎo de	
我 告 訴 你 Wǒ gào sù nǐ	禱 告 dǎo gào		
火 鍋 huǒ guō	國 家 guó jiā	水 果 shuǐ guǒ	過 來 guò lái
烏 龜 wū guī	鮭 魚 guī yú	鬼 guǐ	很 貴 hěn guì	您 貴 姓 Nín guì xìng

k(ㄎ)

咖 啡	卡 片
kā fēi	kǎ piàn

一 顆 糖	我 很 渴	可 以	不 客 氣
yì kē táng	Wǒ hěn kě	kě yǐ	Bú kè qì

哭	工 作 辛 苦	短 褲	好 酷 哇
kū	gōng zuò xīn kǔ	duǎn kù	Hǎo kù wa

空 的	孔 子	我 沒 空
kōng de	Kǒng zi	Wǒ méi kòng

句子練習
jù zi liàn xí

1. 臺灣的西瓜（甘蔗）很甜。
Tái wān de xī guā gān zhè hěn tián

2. 狗跑得很快。烏龜爬得很慢。
Gǒu pǎo de hěn kuài Wū guī pá de hěn màn

3. 你喜歡喝冰咖啡還是熱咖啡？
Nǐ xǐ huān hē bīng kā fēi hái shì rè kā fēi

4. 他工作辛苦，就哭了！
Tā gōng zuò xīn kǔ jiù kū le

5. 哥哥一個人在隔壁唱歌。
Gē ge yí ge rén zài gé bì chàng gē

6. 我喜歡吃鮭魚，但是鮭魚很貴。
Wǒ xǐ huān chī guī yú dàn shì guī yú hěn guì

7. A：你回來了，你買了很多東西。
Nǐ huí lái le nǐ mǎi le hěn duō dōng xī

B：蛋糕五百元、鮭魚三百元、水果四
Dàn gāo wǔ bǎi yuán guī yú sān bǎi yuán shuǐ guǒ sì

百元。
bǎi yuán

A：一共是一千二百元。你累不累？
Yí gòng shì yì qiān èr bǎi yuán Nǐ lèi bú lèi

B：我很累，也很渴，請給我一杯咖啡。
Wǒ hěn lèi yě hěn kě qǐng gěi wǒ yì bēi kā fēi

A：這是冰咖啡。
Zhè shì bīng kā fēi

B：謝謝你。
Xiè xie nǐ

厂正音練習

h (ㄏ)

蝴 蝶
hú dié

猴 子
hóu zi

孩 子
hái zi

花
huā

畫
huà

漢 堡
hàn bǎo

老 虎
lǎo hǔ

河 馬
hé mǎ

ㄏ正音練習

補充字彙
Bǔ chōng zì huì

ㄏ(一)

喝 水	喝 酒	河 （ 小 河 、 大 河 ）		
hē shuǐ	hē jiǔ	hé xiǎo hé dà hé		
孩 子	還 沒 （ 有 ）		海	害 怕
hái zi	hái méi yǒu		hǎi	hài pà
你 好	好 吃	嗜 好	好 吃 鬼	
Nǐ hǎo	hǎo chī	shì hào	hào chī guǐ	
韓 國	流 汗	漢 堡		
Hán guó	liú hàn	hàn bǎo		
忽 然	鬍 子	老 虎	窗 戶	護 照
hū rán	hú zi	lǎo hǔ	chuāng hù	hù zhào
生 活	火	火 車	救 火 車	火 災
shēng huó	huǒ	huǒ chē	jiù huǒ chē	huǒ zāi
車 禍				
chē huò				

ㄏ正音練習

句子練習
jù zi liàn xí

1 動物園裡有猴子、老虎、河馬。
Dòng wù yuán lǐ yǒu hóu zi　　lǎo hǔ　　hé mǎ

2 這個孩子每天吃漢堡。
Zhè ge hái zi měi tiān chī hàn bǎo

3 他把花放在客廳裡。
Tā bǎ huā fàng zài kè tīng lǐ

4 蝴蝶在天空飛，猴子在樹上爬。
Hú dié zài tiān kōng fēi　　hóu zi zài shù shàng pá

5 那個韓國人很會流汗。
Nà ge Hán guó rén hěn huì liú hàn

6 老虎忽然從窗戶裡跳出來。
Lǎo hǔ hū rán cóng chuāng hù　lǐ tiào chū lái

7 A：你好！好久不見！
Nǐ hǎo　　Hǎo jiǔ bú jiàn

B：好久不見！最近忙不忙？
Hǎo jiǔ bú jiàn　　Zuì jìn máng bù máng

A：我很忙，工作很多。你呢？
Wǒ hěn máng　gōng zuò hěn duō　　Nǐ ne

B：我也很累。
Wǒ yě hěn lèi

8 A：你的嗜好是什麼？
Nǐ de shì hào shì shén me

B： 我 喜 歡 喝 酒 ， 你 呢 ？
Wǒ xǐ huān hē jiǔ   nǐ ne

A： 我 喜 歡 喝 茶 ， 你 今 天 喝 酒 了 嗎 ？
Wǒ xǐ huān hē chá   nǐ jīn tiān hē jiǔ le ma

B： 還 沒 。
Hái méi

A： 喝 酒 不 要 開 車 。 小 心 車 禍 。
Hē jiǔ bú yào kāi chē   Xiǎo xīn chē huò

B： 我 知 道 了 。 再 見 ！
Wǒ zhī dào le   zài jiàn

j (ㄐ)

雞
jī

剪 刀
jiǎn dāo

眼 鏡
yǎn jìng

眼 睛
yǎn jīng

q（ㄑ）

鉛 筆
qiān bǐ

槍
qiāng

汽 車
qì chē

x (ㄒ)

香 蕉
xiāng jiāo

皮 鞋
pí xié

西 瓜
xī guā

補充字彙

Bǔ chōng zì huì

j(ㄐ)

交通	水餃	睡覺	教室
jiāo tōng	shuǐ jiǎo	shuì jiào	jiào shì

肩膀	簡單	再見
jiān bǎng	jiǎn dān	Zài jiàn

今天	緊張	進步
jīn tiān	jǐn zhāng	jìn bù

q(ㄑ)

七	騎馬	起床	汽車
qī	qí mǎ	qǐ chuáng	qì chē

生氣	天氣
shēng qì	tiān qì

秋天	棒球
qiū tiān	bàng qiú

ㄒ(ㄒ)

一 些	皮 鞋	流 血	謝 謝 你
yì xiē	pí xié	liú xiě	Xiè xie nǐ

香 蕉	投 降	想 念	橡 膠
xiāng jiāo	tóu xiáng	xiǎng niàn	xiàng jiāo

大 象	照 相	相 機	巷 子
dà xiàng	zhào xiàng	xiàng jī	xiàng zi

ㄐ、ㄑ、ㄒ正音練習

句子練習
jù zi liàn xí

1 他 的 眼 睛 不 好 ， 要 戴 眼 鏡 。
Tā de yǎn jīng bù hǎo　　yào dài yǎn jìng

2 臺 灣 的 香 蕉 很 有 名 。
Tái wān de xiāng jiāo hěn yǒu míng

3 我 喜 歡 的 水 果 是 西 瓜 。
Wǒ xǐ huān de shuǐ guǒ shì xī guā

4 我 買 了 一 雙 新 皮 鞋 。
Wǒ mǎi le yì shuāng xīn pí xié

5 我 們 在 教 室 上 課 。
Wǒ men zài jiào shì shàng kè

6 我 看 到 槍 會 緊 張 。
Wǒ kàn dào qiāng huì jǐn zhāng

7 他 的 中 文 進 步 了 。
Tā de Zhōng wén jìn bù le

8 你 會 打 棒 球 （ 籃 球 、 網 球 、 桌 球 、 高 爾
Nǐ huì dǎ bàng qiú　　lán qiú　　wǎng qiú　　zhuō qiú　　gāo ěr

夫 球 ） 嗎 ？
fū qiú　　ma

9 他 起 床 後 ， 又 騎 馬 又 開 汽 車 。
Tā qǐ chuáng hòu　　yòu qí mǎ yòu kāi qì chē

10 猴 子 吃 香 蕉 ， 吃 到 橡 膠 。
Hóu zi chī xiāng jiāo　　chī dào xiàng jiāo

11 我 要 睡 覺 ， 不 要 吃 水 餃 。
Wǒ yào shuì jiào　　bú yào chī shuǐ jiǎo

ㄓ、ㄔ、ㄕ、ㄖ、ㄗ、ㄘ、ㄙ正音練習

zh (ㄓ)

桌 子
zhuō zi

果 汁
guǒ zhī

ch (ㄔ)

床
chuáng

襯 衫
chèn shān

出、彳、ㄕ、ㄖ、ㄗ、ち、ㄙ正音練習

sh (ㄕ)

書
shū

樹
shù

r (ㄖ)

日 曆
rì　lì

ㄓ、ㄔ、ㄕ、ㄖ、ㄗ、ㄘ、ㄙ正音練習

z (ㄗ)

肥 皂
féi zào

獅 子
shī zi

c (ㄘ)

草 莓
cǎo méi

青 菜
qīng cài

s (ㄙ)

雨 傘
yǔ sǎn

ㄓ、ㄔ、ㄕ、ㄖ、ㄗ、ㄘ、ㄙ正音練習

補充字彙
Bǔ chōng zì huì

zh (ㄓ)

豬	竹子	幫助	你住在哪裡？
zhū	zhú zi	bāng zhù	Nǐ zhù zài nǎ lǐ

ch (ㄔ)

吃飯	遲到	游泳池	牙齒	翅膀
chī fàn	chí dào	yóu yǒng chí	yá chǐ	chì bǎng

sh (ㄕ)

老師	時間	開始	電視
lǎo shī	shí jiān	kāi shǐ	diàn shì

舒服	叔叔	老鼠	樹
shū fú	shú shu	lǎo shǔ	shù

r (ㄖ)

男人	女人	我認識他
nán rén	nǚ rén	Wǒ rèn shì tā

业、彳、ㄕ、ㄖ、ㄗ、ㄘ、ㄙ正音練習

Z(ㄗ)

昨 天　　左 手　　請 坐 （ 下 ）　　工 作
zuó tiān　　zuǒ shǒu　　qǐng zuò　　xià　　gōng zuò

C(ㄘ)

猜　　彩 色　　青 菜
cāi　　cǎi sè　　qīng cài

S(ㄙ)

三　　雨 傘　　散 步
sān　　yǔ sǎn　　sàn bù

句子練習
jù zi liàn xí

1 他 吃 完 飯 後 就 喝 果 汁 。
Tā chī wán fàn hòu jiù hē guǒ zhī

2 你 的 襯 衫 是 藍 色 的 。
Nǐ de chèn shān shì lán sè de

3 我 的 房 間 裡 有 桌 子 、 床 、 還 有 很 多 書 。
Wǒ de fáng jiān lǐ yǒu zhuō zi chuáng hái yǒu hěn duō shū

4 他 常 常 用 肥 皂 洗 手 。
Tā cháng cháng yòng féi zào xǐ shǒu

5 他 喜 歡 吃 青 菜 ， 不 喜 歡 吃 肉 。
Tā xǐ huān chī qīng cài bù xǐ huān chī ròu

6 A: 你 住 在 哪 裡 ? B: 我 住 在 臺 中 。
Nǐ zhù zài nǎ lǐ Wǒ zhù zài Tái zhōng

A: 臺 中 的 天 氣 熱 不 熱 ? B: 不 熱 。
Tái zhōng de tiān qì rè bú rè Bú rè

A: 臺 中 有 很 多 游 泳 池 嗎 ?
Tái zhōng yǒu hěn duō yóu yǒng chí ma

B: 是 的 。 夏 天 我 常 常 去 游 泳 。
Shì de Xià tiān wǒ cháng cháng qù yóu yǒng

7 三 個 人 拿 著 雨 傘 去 散 步 。
Sān ge rén ná zhe yǔ sǎn qù sàn bù

8 我 今 年 開 始 學 中 文 。
Wǒ jīn nián kāi shǐ xué Zhōng wén

9 叔 叔 怕 老 鼠 。
Shú shu pà lǎo shǔ

10 在 樹 下 休 息 很 舒 服 。
Zài shù xià xiū xí hěn shū fú

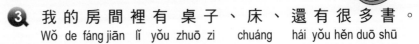

yi (一)

衣 服
yī fú

鴨 子
yā zi

牙 齒
yá chǐ

椅 子
yǐ zi

螞 蟻
mǎ yǐ

wu (ㄨ)

青 蛙
qīng wā

蚊 子
wén zi

碗
wǎn

襪 子
wà zi

一、ㄨ、ㄩ正音練習

yu (ㄩ)

魚
yú

雨 傘
yǔ sǎn

雨衣
yǔ yī

玉 米
yù mǐ

補充字彙
Bǔ chōng zì huì

yi(一)

阿 姨	容 易	朋 友	右 手
ā yí	róng yì	péng yǒu	yòu shǒu
香 菸	顏 色	眼 睛	燕 子
xiāng yān	yán sè	yǎn jīng	yàn zi
音 樂	飲 料	腳 印	印 尼
yīn yuè	yǐn liào	jiǎo yìn	Yìn ní
英 國	我 贏 了	電 影	答 應
Yīng guó	Wǒ yíng le	diàn yǐng	dā yìng

wu(ㄨ)

無 聊	跳 舞	禮 物	我	握 手
wú liáo	tiào wǔ	lǐ wù	wǒ	wò shǒu
臺 灣	玩 具	晚 上		
Tái wān	wán jù	wǎn shàng		
中 文	接 吻	問 題		
Zhōng wén	jiē wěn	wèn tí		
王 老 師	忘 記	希 望		
Wáng lǎo shī	wàng jì	xī wàng		

yu (ㄩ)

約 會　　月 亮
yuē huì　　yuè liàng

一 百 元　花 園　　圓 形　　永 遠　　願 意
yì bǎi yuán　huā yuán　yuán xíng　yǒng yuǎn　yuàn yì

句子練習
jù zi liàn xí

1. 阿 姨 的 衣 服 上 有 螞 蟻 。
   Ā yí de yī fú shàng yǒu mǎ yǐ

2. 我 吃 完 一 碗 飯 。 （ 麵 ）
   Wǒ chī wán yì wǎn fàn　　　 miàn

3. 雨 水 中 有 魚 。
   Yǔ shuǐ zhōng yǒu yú

4. 你 喜 歡 吃 魚 還 是 玉 米 ？
   Nǐ xǐ huān chī yú hái shì yù mǐ

5. 他 又 聽 音 樂 又 喝 飲 料 。
   Tā yòu tīng yīn yuè yòu hē yǐn liào

6. 我 答 應 陪 她 去 英 國 看 電 影 。
   Wǒ dā yìng péi tā qù Yīng guó kàn diàn yǐng

7. 吳 先 生 跳 舞 很 無 聊 。
   Wú xiān sheng tiào wǔ hěn wú liáo

8. 我 和 他 握 手 。
   Wǒ hàn tā wò shǒu

9. 他 晚 上 到 臺 灣 買 玩 具 。
   Tā wǎn shàng dào Tái wān mǎi wán jù

10. 我 問 他 蚊 子 吻 他 了 嗎 ？
    Wǒ wèn tā wén zi wěn tā le ma

11. 他 每 個 月 都 有 約 會 。
    Tā měi ge yuè dōu yǒu yuē huì

ㄚ、ㄛ、ㄜ、ㄝ、ㄞ、ㄟ、ㄠ、ㄡ、ㄢ、ㄣ、ㄤ、ㄥ、ㄦ正音練習

a (ㄚ)

牙 膏
yá gāo

o (ㄛ)

火 車
huǒ chē

e (ㄜ)

夾 克
jiá kè

ê (ㄝ)

番 茄
fān qié

ㄚ、ㄛ、ㄜ、ㄝ、ㄞ、ㄟ、ㄠ、ㄡ、ㄢ、ㄣ、ㄤ、ㄥ、ㄦ正音練習

ai (ㄞ)

筷 子
kuài zi

ei (ㄟ)

飛 機
fēi jī

ao (ㄠ)

葡 萄
pú tao

ou (ㄡ)

猴 子
hóu zi

ㄚ、ㄛ、ㄜ、ㄝ、ㄞ、ㄟ、ㄠ、ㄡ、ㄢ、ㄣ、ㄤ、ㄥ、ㄦ正音練習

an (ㄢ)

電 話
diàn huà

en (ㄣ)

輪 船
lún chuán

ang (ㄤ)

大 象
dà xiàng

eng (ㄥ)

檯 燈
tái dēng

er (ㄦ)

嬰 兒
yīng ér

ㄚ、ㄛ、ㄜ、ㄝ、ㄞ、ㄟ、ㄠ、ㄡ、ㄢ、ㄣ、ㄤ、ㄥ、ㄦ正音練習

補充字彙
Bǔ chōng zì huì

e(ㄜ)

鵝	噁 心	我 餓 了
é	ě xīn	Wǒ è le

ai(ㄞ)

悲 哀	癌 症	他 很 矮	我 愛 他
bēi āi	ái zhèng	Tā hěn ǎi	Wǒ ài tā

eng(ㄥ)

電 燈	登 山	我 等 你	等 一 下
diàn dēng	dēng shān	Wǒ děng nǐ	Děng yí xià

他 瞪 我
Tā dèng wǒ

冰 淇 淋	餅 乾	生 病
bīng qí lín	bǐng gān	shēng bìng

眼 睛	警 察	眼 鏡
yǎn jīng	jǐng chá	yǎn jìng

ㄚ、ㄛ、ㄜ、ㄝ、ㄞ、ㄟ、ㄠ、ㄡ、ㄢ、ㄣ、ㄤ、ㄥ、ㄦ正音練習

星 期 日　　星 星　　猩 猩
xīng qí rì　　xīng xing　　xīng xing

旅 行　　人 行 道（vs. 銀 行）　　行 不 行 ？
lǚ xíng　　rén xíng dào　　yín háng　　xíng bù xíng

他 醒 了　　擤 鼻 涕　　反 省
Tā xǐng le　　xǐng bí tì　　fǎn xǐng

幸 福　　幸 運　　我 姓 王　　男 性　　女 性
xìng fú　　xìng yùn　　Wǒ xìng Wáng　　nán xìng　　nǚ xìng

ㄚ、ㄛ、ㄜ、ㄝ、ㄞ、ㄟ、ㄠ、ㄡ、ㄢ、ㄣ、ㄤ、ㄥ、ㄦ正音練習

句子練習
jù zi liàn xí

1 我 用 牙 刷 刷 牙。　　你 用 湯 匙 喝 湯。
Wǒ yòng yá shuā shuā yá　　Nǐ yòng tāng chí hē tāng

他 用 筷 子 吃 飯。
Tā yòng kuài zi chī fàn

2 大 象 的 鼻 子 很 長。　　猴 子 的 屁 股 很 紅。
Dà xiàng de bí zi hěn cháng　　Hóu zi de pì gǔ hěn hóng

3 我 坐 火 車 去 臺 北。　　你 坐 飛 機 去 美 國。
Wǒ zuò huǒ chē qù Tái běi　　Nǐ zuò fēi jī qù Měi guó

他 坐 輪 船 去 日 本。
Tā zuò lún chuán qù Rì běn

4 你 會 打 電 話 嗎?
Nǐ huì dǎ diàn huà ma

5 番 茄 和 葡 萄 都 是 水 果。
Fān qié hàn pú táo dōu shì shuǐ guǒ

猴 子 和 大 象 都 是 動 物。
Hóu zi hàn dà xiàng dōu shì dòng wù

6 我 餓 了! 但 是 吃 鵝 肉 很 噁 心。
Wǒ è le　　Dàn shì chī é ròu hěn ě xīn

7 我 愛 他, 因 為 他 很 矮。
Wǒ ài tā　　yīn wèi tā hěn ǎi

8 他 生 病 了, 不 能 吃 冰 淇 淋。
Tā shēng bìng le　　bù néng chī bīng qí lín

9 那 位 警 察 戴 著 眼 鏡。
Nà wèi jǐng chá dài zhe yǎn jìng

10 星 期 日 我 醒 來 就 去 旅 行。 真 幸 運!
Xīng qí rì wǒ xǐng lái jiù qù lǚ xíng　　Zhēn xìng yùn

繞 口 令
rào kǒu lìng

▶吃 葡 萄 不 吐 葡 萄 皮 ， 不 吃 葡 萄 偏 吐 葡 萄 皮 。
Chī pú táo bù tǔ pú táo pí bù chī pú táo piān tǔ pú táo pí

▶天 上 下 雪 ， 雪 化 成 水 ； 身 上 流 血 ， 血 裡 有
Tiān shàng xià xuě xuě huà chéng shuǐ Shēn shàng liú xiě xiě lǐ yǒu

水 。 雪 是 雪 ， 血 是 血 ； 雪 不 是 血 ， 血 不 是 雪 。
shuǐ Xuě shì xuě xiě shì xiě Xuě bú shì xiě Xiě bú shì xuě

兒歌教唱
ér gē jiào chàng

三 輪 車 ， 跑 得 快 。
Sān lún chē pǎo de kuài

　上 面 坐 個 老 太 太 。
Shàng miàn zuò ge lǎo tài tai

要 五 毛 ， 給 一 塊 。
Yào wǔ máo gěi yí kuài

你 說 奇 怪 不 奇 怪 ？
Nǐ shuō qí guài bù qí guài

頭 兒 、 肩 膀 、 膝 、 腳 趾 ，
Tóur jiān bǎng xī jiǎo zhǐ

膝 、 腳 趾 ， 膝 、 腳 趾 ，
Xī jiǎo zhǐ xī jiǎo zhǐ

頭 兒 、 肩 膀 、 膝 、 腳 趾 ，
Tóur jiān bǎng xī jiǎo zhǐ

眼 、 耳 、 鼻 和 口 。
Yǎn ěr bí hàn kǒu

火 車 快 飛，
Huǒ chē kuài fēi

火 車 快 飛。
Huǒ chē kuài fēi

穿 過 高 山，
Chuān guò gāo shān

越 過 小 溪。
Yuè guò xiǎo xī

一 天 跑 了 幾 百 里。
Yì tiān pǎo le jǐ bǎi lǐ

快 到 家 裡，
Kuài dào jiā lǐ

快 到 家 裡。
Kuài dào jiā lǐ

媽 媽 看 見 心 歡 喜。
Mā ma kàn jiàn xīn huān xǐ

繞口令、兒歌教唱、兒歌朗讀、會話練習

兒歌朗讀
ér gē lǎng dú

1 大 頭 大 頭 ，
Dà tóu dà tóu

下 雨 不 愁 ，
Xià yǔ bù chóu

人 家 有 傘 ，
Rén jiā yǒu sǎn

我 有 大 頭 。
Wǒ yǒu dà tóu

2 星 期 一 猴 子 穿 新 衣 。
Xīng qí yī hóu zi chuān xīn yī

星 期 二 猴 子 抱 女 兒 。
Xīng qí èr hóu zi bào nǚ ér

星 期 三 猴 子 去 爬 山 。
Xīng qí sān hóu zi qù pá shān

星 期 四 猴 子 看 電 視 。
Xīng qí sì hóu zi kàn diàn shì

星 期 五 猴 子 去 跳 舞 。
Xīng qí wǔ hóu zi qù tiào wǔ

星 期 六 猴 子 去 烤 肉 。
Xīng qí liù hóu zi qù kǎo ròu

星 期 天 猴 子 去 聊 天 。
Xīng qí tiān hóu zi qù liáo tiān

繞口令、兒歌教唱、兒歌朗讀、會話練習

會話練習
huì huà liàn xí

A： 你 坐 過 什 麼 車 ？
Nǐ zuò guò shén me chē

B： 我 坐 過 三 輪 車 、 機 車 、 計 程 車 、 公 車 、 火 車 。
Wǒ zuò guò sān lún chē jī chē jì chéng chē gōng chē huǒ chē

A： 什 麼 車 最 慢 ？
Shén me chē zuì màn

B： 三 輪 車 最 慢 。
Sān lún chē zuì màn

A： 什 麼 車 最 快 ？
Shén me chē zuì kuài

B： 火 車 最 快 。
Huǒ chē zuì kuài

A： 坐 什 麼 車 最 便 宜 （ 最 貴 ） ？
Zuò shén me chē zuì pián yí zuì guì

B： 坐 公 車 最 便 宜 （ 坐 計 程 車 最 貴 ） 。
Zuò gōng chē zuì pián yí Zuò jì chéng chē zuì guì

A： 坐 什 麼 車 最 舒 服 ？
Zuò shén mé chē zuì shū fú

B： 坐 火 車 最 舒 服 。
Zuò huǒ chē zuì shū fú

繞　口　令
rào　kǒu　ling

▶門外有四十四隻獅子，是四十四隻石獅子，還
　Mén wài yǒu sì shí sì zhī shī zi　　shì sì shí sì zhī shí shī zi　　hái

是四十四隻死獅子。
shì sì shí sì zhī sǐ shī zi

▶門外有四輛四輪大馬車，你愛拉哪兩輛，就拉
　Mén wài yǒu sì liàng sì lún dà mǎ chē　　nǐ ài lā nǎ liǎng liàng　　jiù lā

哪兩輛。
nǎ liǎng liàng

▶東　邊有一座橋，橋　上　有一座樓，樓上　有一個
　Dōng biān yǒu yí zuò qiáo　　qiáo shàng yǒu yí zuò lóu　　lóu shàng yǒu yí ge

和尚　敲石頭。西邊有一座橋，橋　上　有一座樓，
hé shàng qiāo shí tou　　Xī biān yǒu yí zuò qiáo　　qiáo shàng yǒu yí zuò lóu

樓　上　有一個和尚　敲石頭。不知是東　邊橋　上樓
lóu shàng yǒu yí ge hé shàng qiāo shí tou　　Bù zhī shì dōng biān qiáo shàng lóu

　上和尚　的石頭敲到西邊橋　上　樓　上和尚　的頭，
shàng hé shàng de shí tou qiāo dào xī biān qiáo shàng lóu shàng hé shàng de tóu

還是西邊橋　上　樓　上和尚　的石頭敲到　東　邊橋
hái shì xī biān qiáo shàng lóu shàng hé shàng de shí tou qiāo dào dōng biān qiáo

　上　樓　上和尚　的頭。
shàng lóu shàng hé shàng de tóu

▶和尚　端湯　上塔，塔滑湯灑，湯　燙塔，塔燙　湯。
　Hé shàng duān tāng shàng tǎ　　tǎ huá tāng sǎ　　tāng tàng tǎ　　tǎ tàng tāng

▶媽媽叫妹妹買木麻，妹妹沒買，媽媽罵妹妹麻木。
　Mā ma jiào mèi mei mǎi mù má　　mèi mei méi mǎi　　mā ma mà mèi mei má mù

繞口令、兒歌教唱、句子練習

兒歌教唱
ér gē jiào chàng

兩 隻 老 虎 ， 兩 隻 老
Liǎng zhī lǎo hǔ   liǎng zhī lǎo

虎 ， 跑 得 快 ， 跑 得 快 。
hǔ   pǎo de kuài   pǎo de kuài

一 隻 沒 有 耳 朵 ， 一 隻
Yì zhī méi yǒu ěr duo   yì zhī

沒 有 眼 睛 。 真 奇 怪 ！
méi yǒu yǎn jīng   Zhēn qí guài

真 奇 怪 。
Zhēn qí guài

祝 你 生 日 快 樂 ， 祝 你
Zhù nǐ shēng rì kuài lè   Zhù nǐ

生 日 快 樂 ， 祝 你 生 日
shēng rì kuài lè   Zhù nǐ shēng rì

快 樂 ， 祝 你 生 日 快 樂 。
kuài lè   Zhù nǐ shēng rì kuài lè

大 象 大 象 ， 你 的 鼻 子
Dà xiàng dà xiàng   nǐ de bí zi

怎 麼 那 麼 長 ？ 媽 媽 說
zěn me nà me cháng   Mā ma shuō

鼻 子 長 才 是 漂 亮 。 大
bí zi cháng cái shì piào liàng   Dà

象 大 象 ， 你 喜 歡 爸 爸
xiàng dà xiàng   nǐ xǐ huān bà ba

或 媽 媽 ？ 我 好 像 比 較
huò mā ma   Wǒ hǎo xiàng bǐ jiào

喜 歡 我 的 媽 媽 。
xǐ huān wǒ de mā ma

句子練習
jù zi liàn xí

A： 這 是 誰 的 書 ？
Zhè shì shéi de shū

B： 這 是 我 的 書 。
Zhè shì wǒ de shū

A： 可 不 可 以 借 我 看 看 ？
Kě bù kě yǐ jiè wǒ kàn

B： 可 以 ！ 你 也 可 以 看 看 我 爸 爸
Kě yǐ   nǐ yě kě yǐ kàn kàn wǒ bà ba

的 書 。
de shū

A： 你 媽 媽 讀 英 文 書 嗎 ？
Nǐ mā ma dú Yīng wén shū ma

B： 是 的 ！ 我 媽 媽 的 英 文 很 好 ， 你 可 以 和
Shì de   Wǒ mā ma de Yīng wén hěn hǎo   nǐ kě yǐ hàn

她 談 談 ， 聽 聽 她 說 英 文 。
tā tán tan   tīng ting tā shuō Yīng wén

A： 你 妹 妹 昨 天 買 的 書 貴 不 貴 ？
Nǐ mèi mei zuó tiān mǎi de shū guì bú guì

B： 不 貴 。 那 本 書 很 便 宜 。
Bú guì   Nà běn shū hěn pián yí

Note

Note

Note

Note

Note

Note

國家圖書館出版品預行編目資料

華語正音練習／臺中教育大學主編;王增光編撰.
－初版.－臺北市：五南, 2009.04
　　面；　公分.
I S B N: 978-957-11-5586-9（平裝）
1.漢語拼音　2.注音符號　3.漢語教學
802.47　　　　　　　　　　　　98003569

1X1G　華語系列

華語正音練習

主　　　編	－	臺中教育大學（447.4）
編　　　撰	－	王增光
發 行 人	－	楊榮川
總 經 理	－	楊士清
企畫主編	－	黃惠娟
責任編輯	－	蔡佳伶
封面設計	－	姚孝慈　謝瑩君
出 版 者	－	五南圖書出版股份有限公司

地　　　址：106 台北市大安區和平東路二段 339 號 4 樓
電　　　話：(02)2705-5066　傳　　真：(02)2706-610
網　　　址：http://www.wunan.com.tw
電子郵件：wunan@wunan.com.tw
劃撥帳號：01068953
戶　　　名：五南圖書出版股份有限公司

法律顧問　林勝安律師事務所　林勝安律師

出版日期　2009 年 4 月初版一刷
　　　　　2018 年 4 月初版三刷

定　　　價　新臺幣 180 元